ALFAGUARA
INFANTIL

Título original: *El pequeño hoplita*
D.R. © del texto: Arturo Pérez-Reverte, 2010
D.R. © de las ilustraciones: Fernando Vicente
2010, Santillana Ediciones Generales, S. L.
Torrelaguna, 60. 28043 Madrid

D.R. © de esta edición:
Santillana Ediciones Generales, S.A. de C.V., 2010
Av. Universidad 767, Col. Del Valle
03100, México, D.F.

Alfaguara es un sello editorial del **Grupo Santillana.**
Éstas son sus sedes:

Argentina, Bolivia, Chile, Colombia, Costa Rica, Ecuador, El Salvador,
España, Estados Unidos, Guatemala, México, Panamá, Paraguay, Perú,
Puerto Rico, República Dominicana, Uruguay y Venezuela.

ISBN: 978-607-11-0592-9
Impreso en México

Primera edición: julio de 2010
Colección coordinada por Arturo Pérez-Reverte

EL PEQUEÑO HOPLITA

TERMÓPILAS 480 AC

Arturo Pérez-Reverte

Ilustraciones de
Fernando Vicente

ALFAGUARA

Éranse una vez trescientos
hombres valientes que iban a morir.

Trescientos hombres y un niño.

Eran hoplitas de Esparta: un pueblo de la antigua Grecia. El nombre de hoplitas lo tomaban del hoplon, el gran escudo redondo que usaban para combatir, con el pesado casco que les cubría el rostro, y las lanzas.

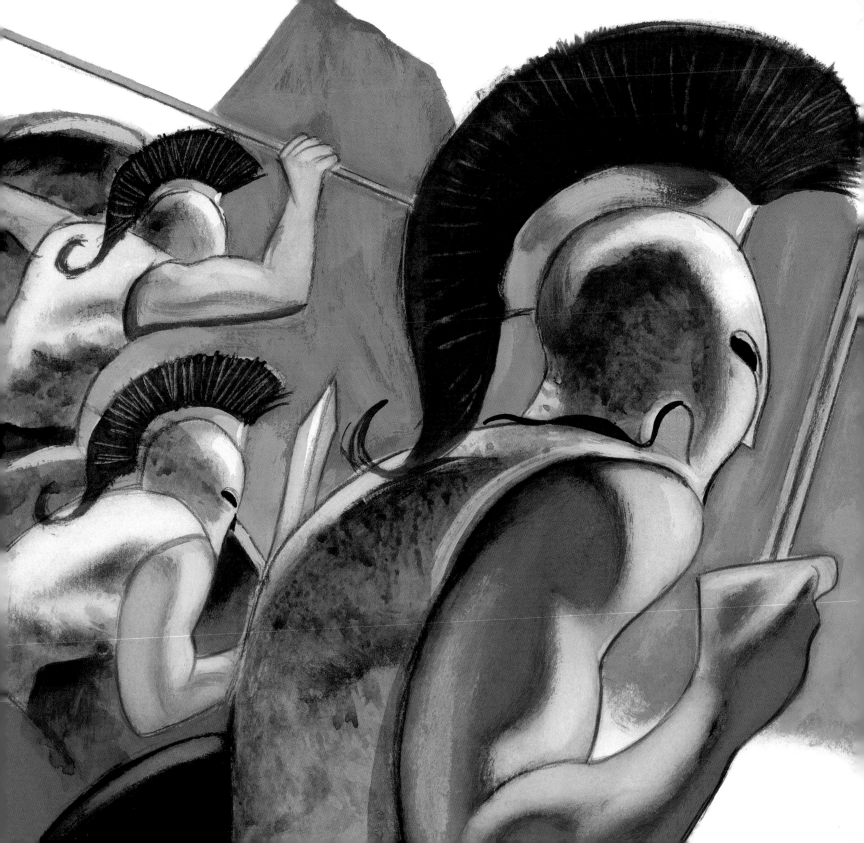

Los trescientos -trescientos uno, contando al niño- habían luchado varios días defendiendo el desfiladero de las Termópilas ante un ejército enemigo enorme.

Ese ejército lo formaban miles y miles de soldados persas, mandados por un rey que quería invadir aquella tierra y hacerlos a todos esclavos.

De modo que los espartanos luchaban por la libertad de sus familias y la suya propia. Eran hombres duros y orgullosos, acostumbrados desde niños a pelear.

Ahora sabían que iban a morir, porque un traidor había indicado a los persas un camino en las montañas por donde podían rodearlos.

Pero los hoplitas no estaban dispuestos a rendirse. Y como eran espartanos, tampoco podían huir.

Así que, al amanecer, todos peinaron sus largos cabellos, se pusieron sus pesadas armas de bronce y se dispusieron para el último combate.

Ya hemos dicho que eran hombres valientes.

Antes de que empezara la lucha, el jefe, que se llamaba Leónidas, llamó al niño.

Le ordenó regresar a la ciudad y contar lo que había sucedido.

-Contarás en Esparta -le dijo- que caímos aquí en defensa de sus leyes.

-¿Y por qué yo? -preguntó el niño, que no quería abandonar a sus amigos.

-Porque eres el único pequeño -respondió Leónidas.

-Prefiero quedarme -protestó el niño.

Entonces Leónidas se puso muy serio, y dijo algo que el niño nunca olvidaría:

-Irás, porque eres un hoplita de Esparta. Y la obligación de un espartano es no sólo combatir, sino obedecer.

Entonces se puso en marcha. Iba llorando, y arrastraba el escudo por el suelo
-ya hemos dicho que era un niño pequeño- y el casco de bronce le bailaba en la cabeza.
A su espalda, en la distancia, oía las trompetas de los enemigos y el grito de guerra
de los espartanos que se lanzaban al combate.
Iba triste porque habría deseado
quedarse y morir con ellos.

Desde la muralla de Esparta, su mamá lo vio a
lo lejos. Venía solo por el camino, arrastrando
su escudo, con el rostro lleno de lágrimas.
Ella corrió a su encuentro y lo abrazó.

El niño contó en Esparta lo que había ocurrido.

Cómo habían muerto sus trescientos compañeros.

Gracias a él lo supo todo el mundo.

Y lo recordamos hoy.

Después el niño creció, y ya no le bailaba el casco en la cabeza ni arrastraba el escudo. Se hizo un hombre fuerte y sano. Un guerrero.

Conoció a una espartana muy guapa y se casó con ella. Tuvieron un pequeño hoplita.

Entonces el papá y el niño volvieron a las Termópilas, donde están enterrados Leónidas y los trescientos espartanos.

Lo hicieron para vigilar el desfiladero que defiende a los hombres libres.

Y allí siguen los dos, cada uno con su casco,
su lanza y su escudo. Un hombre y un niño.
Esperando.

Esta obra se terminó de imprimir en julio de 2010
en Editorial Impresora Apolo, S.A. de C.V.
Centeno 150-6, Col. Granjas Esmeralda
C.P. 09810 México, D.F.